푸바오, 언제나 사랑해

글 강철원 (에버랜드 동물원)

전북 순창에서 태어나 깊은 산골에서 어린 시절을 보낸 후 에버랜드 동물원에 입사해 사육사로서 많은 경험을 쌓았다. 동물들과의 행복한 동거를 위해 조경학과 동물 번식학을 공부했으며, 2016년 러바오와 아이바오를 맡게 되면서 판다 아빠라는 별명을 얻었다.
지금까지 다양한 개성과 특징을 가진 동물들을 만나면서 그들을 이해하고 보듬는 마음가짐을 배운 그는, 오랜 세월 함께한 야생 동물들에게서 배운 선한 영향력을 널리 알리기 위해 노력하고 있다.
국내 탄생 1호 아기 판다 푸바오와의 추억을 담아 《아기 판다 푸바오》, 《푸바오, 매일매일 행복해》를 집필했다.

사진 류정훈 (에버랜드 커뮤니케이션 그룹)

사진을 전공하고 프리랜서 사진작가로 일하다가 2000년 삼성 에버랜드 홍보팀에 입사했다. 테마파크의 축제와 동물원 같은 다양한 콘텐츠들을 사진으로 기록하면서 그 사진들 속에 꿈과 사랑, 행복, 설렘의 순간을 담아내려는 노력을 계속하고 있다. 특히 동물들의 다양한 표정을 담고 새끼를 돌보는 어미의 모성을 기록하는 일에 관심이 많다. 아이바오의 쌍둥이 출산 순간을 담은 사진이 국내 사진으로는 유일하게 미국 타임지가 뽑은 '2023년 올해의 100대 사진'에 선정되었다.
푸바오의 탄생과 성장을 기록한 사진들을 《아기 판다 푸바오》, 《푸바오, 매일매일 행복해》에 수록했다.

슈푸스타 푸바오와 바오 가족 이야기

푸바오, 언제나 사랑해

에버랜드 동물원 글·사진

시공주니어

❦

　시골 대나무 숲을 걸을 때면 저도 모르게 대나무 가지를 당겨 댓잎 향을 맡습니다. 햇살은 잘 받았는지, 바람이 잘 통하는 곳에 있었는지, 잎이 깨끗하게 빛나는지, 동해를 입지는 않았는지를 살피고 바오 가족들에게 먹여 보고 싶다는 생각을 하지요.

　처음 판다를 만난 후로 30여 년이 흘렀고, 바오 가족과 함께한 지도 어느덧 7년이 되었습니다.

　수년 전 판다를 맞이하기 위해 동물원에 판다월드를 시공하고, 판다를 위한 환경을 조성하고, 판다들의 입주를 위해 분주했던 때가 떠오릅니다. 중국에서 만난 러바오와 아이바오에게 한국으로 함께 가자며 눈인사를 건넬 때만 해도 '판다 할부지'를 꿈꿀 여유조차 없었습니다. 그저 아이들이 안전하게 이동해서 새로운 땅에 무사히 적응하길 바라는 마음뿐이었지요.

　한국으로 오고 나서 얼마 뒤 러바오와 아이바오는 부부가 되었고, 지금은 세 딸의 부모가 되었습니다. 그사이 저는 푸바오와 루이바오, 후이바오라는 판다 손녀들이 생겼고, 판다 아빠를 넘어 판다 할부지로 이름을 알리게 되었지요. 유명한 사람보다는 좋은 사육사가 되자던 초심은 결국 저를 '유명한 사육사'로 만들어 주었습니다. 그 오랜 시간을 함께해 준 바오 가족들에게 그저 고마울 따름입니다.

푸바오와 이별을 앞둔 지금 저는 또다시 헤어지는 연습을 하고 있습니다. 동물들과 이별하고 난 뒤에 지난날을 후회하지 않는 사육사가 되겠다고 늘 다짐하지만 매번 '더 잘해 줄 수 있었는데….' 하는 아쉬움이 남습니다.

그래서 앞으로 푸바오와 함께할 수 있는 시간만큼은 온 마음을 다해 더 많이 사랑해 주고, 아껴 줄 생각입니다. 그리고 마침내 이별의 순간이 왔을 때, 아이의 새로운 앞날을 응원하면서 활짝 웃어 줄 겁니다.

오래전 러바오와 아이바오를 데리러 중국에 갔을 때, 그곳에는 유채꽃이 만발해 있었습니다. 그래서 두 아이를 데려온 뒤 매년 봄이 되면 방사장에 유채꽃을 심어 주었어요. 러바오와 아이바오가 유채꽃을 보며 고향을 떠올릴 수 있게 해 주려고 말입니다.

이제 곧 중국으로 떠날 푸바오도 엄마 아빠가 보고 자란 그곳의 유채꽃을 보면서 자신의 고향인 한국을 떠올릴지도 모르겠습니다.

그동안 푸바오에게 많은 사랑을 주었고, 많은 행복을 받았습니다. 언젠가는 푸바오에게 다시 한번 제 손으로 심은 유채꽃을 보여 줄 수 있게 되기를 바라 봅니다.

푸바오, 내년에도 너에게 예쁜 유채꽃을 선물해 주고 싶다.

그런데 할부지는 왜 자꾸 눈물이 고일까?

사육사 강철원

Contents

Part 1

푸바오, 영원한 아기 판다

할부지가 푸바오에게

푸바옹~ 할부지야.

요즘 부쩍 푸바오가 어른이 되는 길목에 서 있다는 생각이 드는구나.

지난봄까지만 해도 곳곳에 아기의 흔적이 남아 있었는데, 세 살을 넘기고 나니 이제는 엄마처럼 멋진 어른 판다가 되어 가는 게 보여.

잘 먹지도 않고 잠도 많이 줄어드는데 활동량은 늘어서 할부지와 이모, 삼촌 들이 얼마나 걱정했는지 아니? 하지만 성장의 과정에서 겪는 어려움들을 그동안 너무나도 잘 이겨 냈기에 할부지는 늘 널 믿고 기다렸단다.

문득 네가 태어나서 100일을 맞을 때까지의 여러 날들이 떠오른다. 느닷없

이 체중이 줄고 몸에 종기가 생겨서 엄마와 할부지 모두 걱정을 했지. 하지만 너는 잘 이겨 냈고, 곧 걷기 시작했어. 네가 아장아장 걸음마를 해서 할부지에게 다가와 안겼을 때, 엄마 젖을 떼고 대나무를 먹기 시작했을 때, 엄마와 할부지에게서 독립했을 때처럼 모든 순간이 내게 커다란 기쁨이었다.

푸바오! 모든 만남은 이별을 전제로 이루어진단다. 그렇다고 해서 슬프지 않은 것은 아니야. 다만 조금이나마 의연하게 대처할 수 있지.

푸바오는 그동안 할부지와 많은 사람들에게 행복을 주었고, 너는 아주 많은 사람들로부터 사랑을 받았어. 그래서인지 누구보다 더 밝고 예쁜 아이로 자랐지. 이 사랑과 추억들을 잘 간직하렴. 새로운 환경에 너무 낯설어 할 필요도 없단다. 푸바오를 도와주고 사랑해 줄 사람들이 항상 함께할 테니까.

할부지는 네가 엄마에게 배운 많은 생존 기술들을 유감없이 발휘했으면 좋겠어. 2년이 넘는 시간 동안 엄마의 사랑을 듬뿍 받고 자랐으니, 다른 판다들보다 더 잘할 수 있을 거야. 혹시라도 힘든 일이 생기면 할부지가 해 주었던 말들을 떠올려 보렴. 분명 그 안에 답이 있을 테니까.

푸바오, 할부지는 너와 함께했던 추억들을 잊지 않고 오래오래 간직할 거야. 그리고 너를 늘 응원할게. 너 역시 엄마랑 할부지와 함께 나눈 추억들을 잘 간직하렴. 너를 사랑하고 예뻐해 주었던 많은 사람들의 모습까지도 말이야.

어디서 누구와 함께 있든

푸바오, 넌 우리에게 영원한 아기 판다야!

2021년 3월, 푸바오가 처음 맞이한 봄.
푸바오가 태어나서 가장 먼저 본 꽃이 유채꽃이다.

♀—푸바오, 언제나 사랑해

푸바오와 함께라서 행복했던 어느 봄날.
이제 유채꽃을 볼 때마다 서로를 떠올리겠지?

공을 갖고 노는 것보다 할부지 다리에 매달리는 걸 더 좋아했던 푸바오의 어린 시절.

♦―푸바오, 언제나 사랑해

♢— 푸바오, 언제나 사랑해

◇─푸바오, 언제나 사랑해

높은 곳에 오르는 것을 두려워했던 푸바오가
마침내 혼자 플레이봉을 건너던 순간.

☆―푸바오. 언제나 사랑해

장난기 가득한 눈동자로 가을을 만끽하고 있는 푸바오.
푸바오는 어렸을 때부터 낙엽에 파묻혀 장난치는 것을 좋아했다.

푸바오가 한국에서 보내는
마지막 계절.
푸바오를 위한 선물처럼
하늘에서 하얀 눈이 내렸다.

눈밭에서 구르기를 좋아하는 푸바오를 위해
눈 오는 날이면 늘 야외 방사장으로 데리고 나갔다.

푸바오, 언제나 사랑해

푸바오, 너와 함께했던 추억들을 오래오래 간직할 거야!

우리는 바오 가족
서로를 쏙 빼닮은 바오들

푸바오 & 러바오

✦ 누워서 밥 먹기

✦ 높은 나무에 올라 낭만에 취하기

푸바오 & 루이바오 & 후이바오

✦ 호기심 많은 눈망울을 가진 세 자매

🍀 푸바오 & 아이바오

✦ 데굴데굴 구르는 취미

✦ 다양한 소리에 반응하기

🍀 러바오 & 루이바오 ㅣ 후이바오 & 아이바오 & 푸바오

✦ 러바오와 루이바오의 V자 등 무늬 ㅣ 후이바오, 아이바오, 푸바오의 U자 등 무늬

Part 2

러바오, 신사가 된 소년

러바오, 러바오 심은 데 푸바오 난다고 푸바오를 볼 때면 늘 네 생각을 한다. 같이 지낸 적이 없는데도 푸바오가 너처럼 오른손으로 대나무를 먹을 때나 대자로 누워서 밥을 먹을 때면 '영락없는 러바오 딸이구나.' 하고 생각하지. 종종 푸바오의 얼굴에서 잘생기고 늠름한 네 얼굴이 보일 때도 있어. 푸바오는 싫어할 수도 있겠지만.

노란 유채꽃이 활짝 핀 어느 봄날에 방사장 냇가의 꽃길을 따라 성큼성큼 걸어 나오던 너의 모습이 떠오른다. 봄날에 취한 낭만 판다 같아서 웃음이 나기도 하고, 어느새 의젓해진 모습에 든든하기도 했지.

그러다가 풀밭 경사로에 배를 깔고 누워 미끄럼틀을 타던, 개구쟁이 같은 너의 예전 모습이 겹쳐 보여 피식 웃음이 났어. 잔디밭에서 텀블링하듯 구르고 재주를 부리던 모습도 말이야.

날 처음 보았을 때 물구나무서듯 거꾸로 매달려 낑낑거리던 너. 앞으로 잘 지내 보자는 듯 말을 걸어오던 너의 그

모습이 평생 기억날 듯하다. 자칫했으면 우
리의 만남이 엇갈릴 수도 있었는데, 너와 꼭
인연을 맺겠다고 결단을 내렸던 게 얼마나
다행인지 몰라.

　너를 향한 내 마음에 보답하기라도 하듯
너는 푸바오라는 너무나도 값진 선물을 내
게 안겨 주었지.

　푸바오는 너를 닮아 장난꾸러기 판다로
자랐다. 네 쌍둥이 딸들은 과연 아빠의 어떤 모습을 닮을지 무척 기대가 되는
구나. 참, 쌍둥이에게도 아빠는 아주 잘생긴 판다라고 알려 주었어.

　이제 너는 장난기 많던 어린 시절을 뒤로하고, 멋진 중년의 신사가 되었지.
하지만 나는 장난스럽게 내 곁으로 조금씩 조금씩 다가왔던 소년 시절의 너를
잊지 못할 것 같아.

　유채꽃이 필 때, 향기로운 대나무 숲을 스칠 때, 소복소복 쌓이는 하얀 눈을
맞을 때, 추운 날 콧김을 훅훅 불어 내는 다른 동물 친구들을 마주할 때마다 너
를 떠올린단다. 장난기 많고 귀여웠던 소년 러바오와 멋진 아빠가 된 신사 러
바오를.

러바오, 고맙고 사랑해!

2016년 3월, 러바오가 처음으로 방사장에 나온 날.
무척 낯설었을 텐데 러바오는 긴장하거나 두려워하지 않고
당당하게 걸어 나왔다.

호기심 많던 소년 시절 러바오는
눈앞에 있는 모든 것들을 장난감 삼아 놀곤 했다.

푸바오, 언제나 사랑해

아이바오와 방사장을 바꾼 뒤
새로운 놀이터에서 겨울을 만끽하고 있는 러바오.

♤—푸바오. 언제나 사랑해

Part 3

아이바오, 나의 영원한 사랑

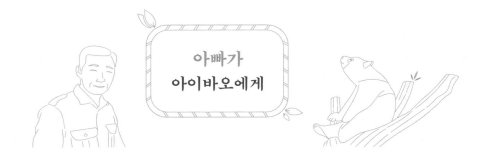

아이바오! 우리 처음 만났던 때를 기억하니?

막 세 살이 된 너는 아직 여리고, 아기 티도 많이 남아 있었지. 그때는 네가 이렇게 내성적이고 새침데기인 걸 몰랐어. 첫 만남 때 너는 나를 무척 낯설어했지만 조금씩 내게 마음을 열었고, 서로 믿음을 나누기 시작했지.

내 인기척을 느낄 때면 언제나 먼저 눈인사를 건네는 나의 아이바오. 내게 너는 늘 특별했고, 나는 항상 너를 향한 믿음을 놓지 않았단다.

러바오를 만나서 푸바오를 잉태하고, 힘들게 육아하는 너의 모습을 보며 정말 많이 감동했어. 몇 날 며칠을 꼼짝 않고 푸바오를 돌보느라 네 등에는 큰 상

처가 생겼었지. 그 아픔을 오롯이 모성애로 이겨 낸 널 보며 내 마음이 더 아프더구나. 그래서 앞으로도 너를 더욱 잘 보살펴 주겠다고 다짐했지.

아이바오, 요새 루이바오와 후이바오를 키우며 많이 힘들지? 아무리 자연의 섭리라지만 육아로 지친 널 나 몰라라 하는 러바오가 얄미울 때도 있었다. 그러다 네가

아이들에게 언제나 진심을 다하는 모습을 보며 마음을 누그러뜨렸지. 주어진 삶에 최선을 다하는 것 또한 자연의 섭리라는 걸 알게 되었거든. 몸이 조금 고단해도 마음이 즐거우면 행복한 것 아니겠니?

아이바오, 푸바오는 네가 잘 키워준 덕분에 아주 훌륭한 어른 판다가 되었어. 천둥 번개가 치고 우박이 내리던 어느 날, 푸바오가 깜짝 놀라 방사장 구석으로 들어가 숨어 버렸지. 아이바오 네가 처음 이곳에 왔을 때 숨어 있던 바로 그 장소였다. 너에게 배우고 똑같이 행동하는 푸바오가 대견하기도 했고, 그동안 네가 푸바오에게 얼마나 많은 것을 가르쳐 주었는지 알 수 있었단다. 그날 푸바오가 아이바오의 딸로서 앞으로 자신의 삶을 잘 헤쳐 나갈 거라는 믿음이 생겼어.

푸바오도 너처럼 예쁘고 다정하고 사랑 많은 판다로 계속 성장해 나갈 거야. 루이바오와 후이바오 역시 그렇겠지.

아이바오, 우리 함께 아이들의 앞날을 응원해 주자꾸나.

2016년 3월, 아이바오의 첫 방사.
새로운 공간에 조심스럽게 첫발을 내딛는 아이바오.

아이바오가 고향을 기억하길
바라는 마음으로 아빠가 직접
심어 준 유채꽃 앞에서.

눈앞에서 나풀거리는 나비를 신기하게 바라보는 아이바오.
나비가 도망갈까 봐 팔을 조심스럽게 휘저어 보기도 했다.

장난기 많은 푸바오와 달리 모든 것에
신중하고 조심스러워했던 아이바오의 어린 시절.

☆—푸바오. 언제나 사랑해

눈사람과 싸움이라도 하듯 눈을 마구 파헤치며
장난치는 귀여운 아이바오.

수―푸바오. 언제나 사랑해

나무 타기처럼 푸바오가 살아가는 데 필요한
다양한 생존 기술들을 알려 주는 아이바오.

훌쩍 크고도 아기처럼 엄마에게 장난을 치는 푸바오.
그런 푸바오를 아이바오는 언제나 다정하게 받아 주었다.

Part 4

푸이바오와 후이바오, 또 다른 선물

할부지가 쌍둥이에게

루이바오, 후이바오, 이 귀염둥이들아!

푸바오 언니에 이어 아주 예쁜 장난꾸러기들이 태어나 할부지는 아주 기쁘다. 할부지에게 뛰어와 양쪽 다리를 붙잡는 너희 둘을 볼 때면 할부지 입가에는 늘 미소가 한가득 떠오른다. 너희들이 엄마와 뒹굴고 장난치는 모습을 보면 너무 흐뭇하고 쌔근쌔근 잠든 모습은 또 얼마나 사랑스러운지 몰라.

너희가 커 가는 모습을 보며 할부지는 푸바오 언니의 어린 시절을 생각하곤 해. 그렇다고 너무 서운해하지는 마, 언니만 사랑하는 건 아니니까.

엄마랑 할부지는 푸바오 언니를 키운 경험으로 루이바오와 후이바오에게

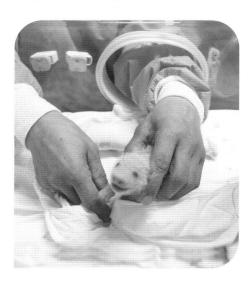

더 잘해 줄 수 있었어. 그 한 번의 경험이 아주 많은 도움이 되었지. 얼마나 고마운 일이니? 이게 바로 푸바오 언니가 너희들에게 준 선물 아니겠니?

루이바오는 아빠와 등 무늬가 꼭 닮았어. 그런데 아빠처럼 편식하는 판다가 될 조짐이 보이더라.

한 번에 배부르게 먹지 않
고 계속 엄마를 보채니 말
이야. 엄마의 등 무늬를 빼
닮은 후이바오는 엄마처럼
한 번에 배부르게 먹고 자
는데. 그래서일까 언제부터
인지 후이바오가 언니 루이바오의 체중을 추월하기 시작했지.

할부지는 잘 먹는 후이바오가 더 빨리 걷지 않을까 생각했는데, 루이바오가
먼저 걸음마를 시작하는 걸 보고 또 한 번 놀랐어. '역시 루이바오가 언니답구
나.' 하고 말이야.

자매로 태어난 너희들은 둘이 함께니까 더욱 행복하게 지낼 수 있을 거야.
푸바오 언니는 혼자라서 외로울까 봐 할부지가 더 많이 놀아 주려고 했거든.
엄마도 언니와 놀아 주느라 밥을 먹을 때나 잠을 잘 때나 항상 힘들었단다. 너
희는 둘이서 함께 놀고, 서로 의지하며 살아가면 좋겠어. 물론 엄마와 할부지
도 잘 챙겨 주겠지만 말이야.

너희들도 이제 엄마를 따라 바깥 놀이터로 나갔으니, 바깥에서도 엄마와 할
부지 말을 잘 들어주었으면 좋겠다. 앞으로 많은 사랑받으면서 예쁘게 자라
주렴. 할부지가 힘닿는 데까지 열심히 보살필게.

루이바오, 후이바오! 이 세상에 태어나 줘서 정말 고마워.

☆—푸바오. 언제나 사랑해

2023년 7월 7일 새벽, 막 태어난 쌍둥이 아기 판다들.
루이바오(왼쪽), 180g. 후이바오(오른쪽), 140g. 모두 암컷.

✧─ 푸바오, 언제나 사랑해

루이바오(왼쪽), 후이바오(오른쪽).
생후 1개월, 코를 제외한 몸의 몇몇 부분이 검은색으로 변했다.

☆─푸바오. 언제나 사랑해

루이바오(왼쪽), 후이바오(오른쪽).

생후 100일이 되자 앞발로 몸을 일으켜 세우기 시작했다.

초롱초롱한 눈망울로 주변을 탐색하는 아기 판다들.

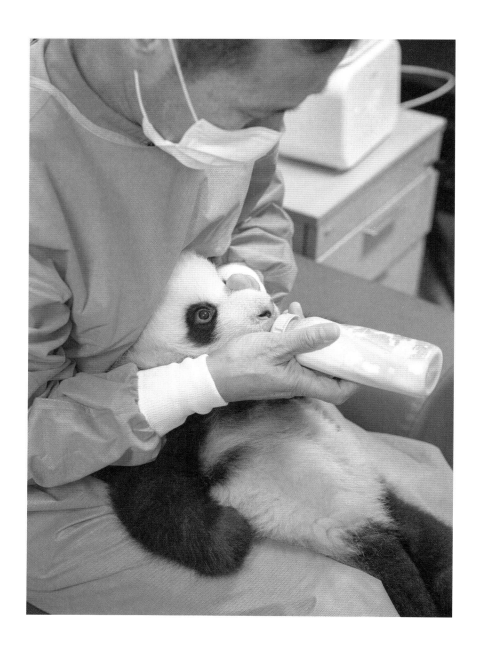

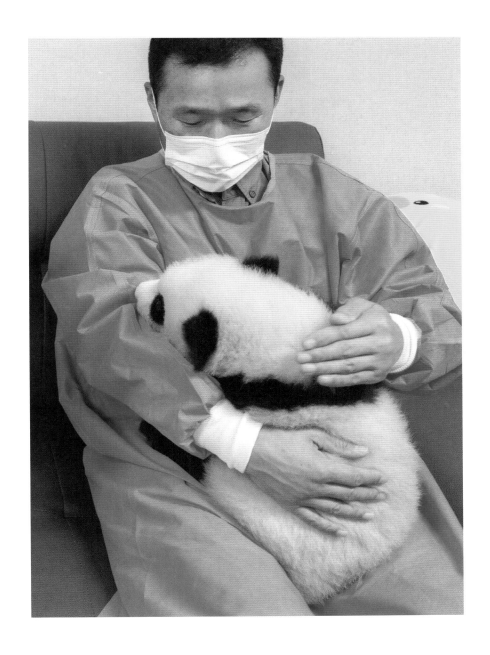

새끼 두 마리를 혼자 양육해야 하는 엄마를 위해
공동 육아하던 시기.

아기 판다들을 엄마에게 들여보내기 전 미리 엄마의 냄새를 묻혀
아이바오가 새끼들을 자연스럽게 인지하고, 받아들일 수 있게 해 주었다.

마침내 루이바오와 후이바오 모두를 자신의 새끼로 받아들인 아이바오.
언니 푸바오처럼 쌍둥이 판다들도 독립할 때까지 엄마와 함께 지내게 된다.

睿宝 RUI BAO

HUI BAO

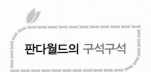
🍀 푸바오의 공간

✦ 푸바오의 세 살 생일 기념 벤치

✦ 푸바오의 장난감 그네

✦ 푸바오가 밥을 먹는 평상

✦ 푸바오의 장난감 모빌

🍀 러바오의 공간

✦ 러바오가 잠을 자는 평상

✦ 러바오가 산책을 즐기는 냇가

✦ 러바오의 음수대

할부지의 공간

✦ 할부지와 이모가 일하는 책상

✦ 푸바오와 쌍둥이가 사용한 인큐베이터

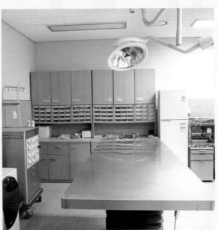

✦ 바오 가족의 건강 검진을 위한 진료실

바오 가족과 함께하는 사람들 ✿

에버랜드 동물원
정동희, 김종갑, 허광석, 이양규, 이경성, 최창순,
송영관, 이세현, 오승희, 김지우,
윤승희, 신기용, 정은, 신현주, 양준영,
박혜림, 송해운, 우지연, 백현진,
그리고 강철원, 류정훈.

에버랜드 동물원은 중국야생동물보호협회, 중국 자이언트판다 보호연구센터와 함께
자이언트판다의 보호 및 보전에 노력하고 있습니다.

푸바오, 언제나 사랑해

초판 1쇄 인쇄일 2024년 1월 10일
초판 1쇄 발행일 2024년 1월 25일

글·사진 에버랜드 동물원

발행인 윤호권, 조윤성
사업총괄 정유한
편집 권하영 **디자인** 김영중 **마케팅** 김희연
발행처 ㈜시공사 **주소** 서울시 성동구 상원1길 22, 7-8층(우편번호 04779)
대표전화 02-3486-6877 **팩스(주문)** 02-585-1247
홈페이지 www.sigongsa.com / www.sigongjunior.com

글·사진 ⓒ 에버랜드 동물원, 2024

ISBN 979-11-7125-312-8 03810

*시공사는 시공간을 넘는 무한한 콘텐츠 세상을 만듭니다.
*시공사는 더 나은 내일을 함께 만들 여러분의 소중한 의견을 기다립니다.
*잘못 만들어진 책은 구입하신 곳에서 바꾸어 드립니다.

WEPUB 원스톱 출판 투고 플랫폼 '위펍' _wepub.kr
위펍은 다양한 콘텐츠 발굴과 확장의 기회를 높여주는
시공사의 출판IP 투고·매칭 플랫폼입니다.

 KC마크는 이 제품이 공통안전기준에 적합하였음을 의미합니다.
제조국 : 대한민국   사용 연령 : 8세 이상
책장에 손이 베이지 않게, 모서리에 다치지 않게 주의하세요.